不读诗，无以言

陪孩子读古诗词

虫鱼鸟兽

马东瑶 谢文君 ○编著

叶媛媛 ○ 绘

中国少年儿童新闻出版总社
中国少年儿童出版社
北 京

目 录

伐木（节选）

◎ 周·《诗经》

伐木丁丁，鸟鸣嘤嘤。
出自幽谷，迁于乔木。
嘤其鸣矣，求其友声。

丁（zhēng）丁，砍树的声音。
乔木，高大的树木。

诗说

　　"铮铮、铮铮"，树林里有伐木的声音；"嘤（yīng）嘤、嘤嘤"，树林里还有鸟叫的声音。仔细听听，鸟儿们在说什么呢？"我来自幽深的山谷，我飞上高高的大树；我唱出动人的歌曲，我寻求宝贵的知音。"为了真挚的友情，小小的鸟儿也要飞上枝头，高声歌唱，我们人类又怎么能不相互尊重、亲密友爱呢？

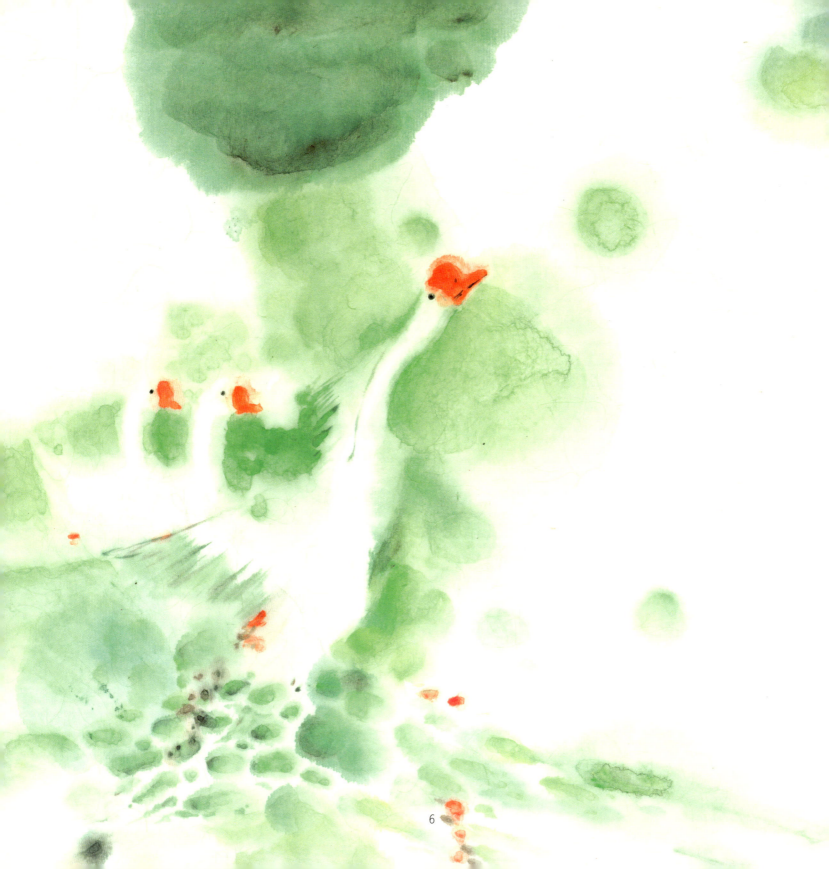

6

咏 鹅

◎ 唐·骆宾王

鹅，鹅，鹅，曲项向天歌。

白毛浮绿水，红掌拨清波。

骆宾王，"初唐四杰"之一，本诗是他七岁时的作品。

诗说

　　怎样才能让鹅先生从池塘游到纸上？首先，要模仿他的歌声——"鹅，鹅，鹅"；其次，要画出他唱歌的姿态，长长的脖颈如同朝向天空的一个问号；接着，要画出他得体的衣衫，雪白的羽毛轻拂着翠绿的水面；最后，要画出他优雅的动作，鲜红的手掌自如地划开透亮的水波。

　　瞧，一幅"鹅先生"肖像画，就这么完成啦！

鹤

◎ 唐·李峤

黄鹤远联翩，从鸾下紫烟。

翱翔一万里，来去几千年。

已憩青田侧，时游丹禁前。

莫言空警露，犹冀一闻天。

丹禁，天子居住的禁城。

警露，八月白露降下，白鹤就高声鸣叫，

相互警告，迁移居所。

诗说

　　在远处翩翩展翅的黄鹤，跟随着鸾（luán）凤，隐入了山谷中的紫色烟雾。如此来往反复的飞翔，仿佛已有千年之久，仿佛已是万里之遥。在青翠的田野上，有它安然休憩（qì）的背影，悠游自在；在天子的宫殿前，它挺拔的身姿也时常出现，秀丽端庄。谁说它的叫声除了警报八月的白露之外一无所用？谁不希望有朝一日能够一飞冲天、一鸣惊人！

观鱼潭（节选）

◎ 唐·李白

观鱼碧潭上，
木落潭水清。
日暮紫鳞跃，
圆波处处生。

木，干枯的树叶。

诗说

　　叶色淡淡，水色清清；叶落悠悠，水波静静。独独不见鱼儿的身影。可是，潭水这么透亮纯澈，鱼儿们还有哪里可以藏身呢？

　　一直等到太阳快要下山，忽然，只见水面一阵波光闪烁，辉映出别样晚霞，竟是片片鳞（lín）甲在跃动着紫色光芒；又听一阵鼓点起起落落，生出无数波纹，一圈一圈，由小而大。跳吧，跳吧，这是属于它们的"圆舞曲"啊。

观游鱼

◎ 唐·白居易

绕池闲步看鱼游，
正值儿童弄钓舟。
一种爱鱼心各异，
我来施食尔垂钩。

　　人都说"偷得浮生半日闲"，我闲来最爱散步池边。鱼儿游得那么自由自在，就算我不是鱼，也能感受到它的快乐呀！

　　正看鱼儿们抢食抢得欢，却见不远处一只小船上，有小孩子在里边摆弄长长的钓竿。在那可以穿破喉咙的利刺外，包裹着一层诱鱼的饵料。

　　我喜欢鱼，就给它投食、看它自在；小孩子喜欢鱼，就给它鱼钩，把它据为己有。明明是一样的爱鱼，差距怎么那么大呢？

13

绝 句

◎ 唐·杜甫

两个黄鹂鸣翠柳，
一行白鹭上青天。
窗含西岭千秋雪，
门泊东吴万里船。

西岭，成都西南的岷山，山顶有常年不化的积雪。
东吴，长江下游江苏一带，与成都以水路相通。

诗说

　　满眼春色，怎么关得住呢？推开窗，黄鹂在翠绿的
柳树间唱着歌，双双对对，欢欢喜喜；白鹭在澄澈的天
空上排着队，列列行行，整整齐齐。抬头远望，我似乎
看到西岭上千秋不化的积雪，如此洁白美丽；收回视线，
门口的客船整装待发，正要驶向那万里之遥的东吴。哦，
我什么时候才能回到日思夜想的家乡呢？

江畔独步寻花

◎ 唐·杜甫

黄四娘家花满蹊，
千朵万朵压枝低。
留连戏蝶时时舞，
自在娇莺恰恰啼。

蹊（xī），小路。
恰恰，鸟的叫声。

16

　　我一个人漫步江边，寻找着花的芳踪。咦，怎么没路了？全被热热闹闹的花儿给盖住啦！黄四娘家的花可真多，沉甸甸地，都快把树枝压到地上去了。如此繁艳，迷了彩蝶，它流连花丛之间，时不时翩跹（xiān）起舞；如此芬芳，醉了黄莺，它在枝头自如地穿梭上下，随口就是一首娇婉动人的歌。在这盎然的春意中，谁能不因蝶舞而流连忘返、不为莺歌而轻松愉悦呢？

绝句

◎ 唐·杜甫

迟日江山丽，
春风花草香。
泥融飞燕子，
沙暖睡鸳鸯。

———————————

迟日，形容春天太阳温暖、
光线充足的样子。

诗说

　　春光一日比一日更长，普照着秀丽的河山。
你看，春光晒软了春风，吹送来花草的清香；春
光湿润了田边的泥土，逗引燕子飞去飞来，衔去
泥巴好筑巢；春光更温暖了水边的细沙，招引鸳
鸯（yuān yang）成双成对，晒着太阳好睡觉。照
耀植物，也关怀动物；光顾闲情，又关照忙碌。
春光是多么温暖无私、令人喜爱啊！

鸟

◎ 唐·白居易

谁道群生性命微？

一般骨肉一般皮。

劝君莫打枝头鸟，

子在巢中望母归。

　　是谁说世间万物的生命都是微不足道的呢？想想吧，人和动物究竟有什么分别，不都一样地长着骨肉、皮肤？不都一样有自己的子女、父母？这样一来，当你把弹弓对准枝头的小鸟时，是不是就会多一点怜悯之心呢？也许，它也有幼小的孩子在巢中嗷（áo）嗷待哺，等着亲爱的妈妈带回的食物。

钱塘湖春行（节选）

◎ 唐·白居易

孤山寺北贾亭西，

水面初平云脚低。

几处早莺争暖树，

谁家新燕啄春泥。

暖树，向阳的树。

诗说

　　站在孤山寺以北、贾公亭以西，放眼望去，钱塘湖的春水初涨，辽阔的水域满入眼帘，延绵天际的水平线也长了个儿似的，几乎要和视线打个平手，天上的白云倒像是矮了一头。这边的"赛高"还没完，那边，几只黄莺一大早就在枝头啾啾，争抢着向阳的位置，生怕落了后。同样早起的还有几只燕子，正忙着衔泥，不知要到谁家的屋檐下去筑新巢呢！

山中玩白鹿

◎ 唐·施肩吾

绕洞寻花日易销，

人间无路得相招。

呦呦白鹿毛如雪，

踏我桃花过石桥。

呦（yōu）呦，鹿鸣声。

24

　　当我一遍又一遍地绕着山洞，寻觅花朵的芳踪，时光便飞快地流出指缝。比起意趣横生的山中小路，市井之路对我又能有什么吸引力呢？更别说山林里总有些"意外来客"了。看，不远处正有一只呦呦鸣叫的小鹿，毛发洁白胜雪。我心爱的桃花呀，请你再洒落一些，为这位稀客铺一条热烈的红毯，迎它过桥吧。

鹭鸶

◎ 唐·杜牧

雪衣雪发青玉嘴，

群捕鱼儿溪影中。

惊飞远映碧山去，

一树梨花落晚风。

诗说

鹭鸶（lù sī），我看见你的时候，你和伙伴们在小溪里捕鱼，溪水流映出你的身影：白色的头发、白色的衣衫和那青玉般的精致小嘴。你是雪做的精灵吗？我忍不住轻问。你却忽然振翅，远远地去了。你的影子叠在翠绿的山林上，山林也仿佛清透几分。我看见你飘扬在天地之间，纷纷飒飒。哦，我错了，你不是雪做的精灵，你是晚风吹落的一树梨花。

蜂

◎ 唐·罗隐

不论平地与山尖，

无限风光尽被占。

采得百花成蜜后，

为谁辛苦为谁甜。

诗说

　　春天来了，农夫忙着播种，蜜蜂忙着采蜜。这真是它们工作的黄金时期，道不尽的风光无限。看那漫山遍野，管他平原山巅，哪里的花开没有它、何处的花香它不尝？

　　且慢，可别忙得没头没脑，我来仔细地问它一问：你说你采过了成千上万的花，你说你酿成了成百上千的蜜，可这甜头都被谁享受了呢？如果不是为了你自己，那你日日夜夜奔波辛苦，又是为了谁呢？

翠 碧

◎ 唐·陆龟蒙

红襟翠翰两参差，径拂烟华上细枝。
春水渐生鱼易得，莫辞风雨坐多时。

襟，衣服的胸前部分。
翰（hàn），长而坚硬的羽毛。
烟华，多得数不清的花朵。

诗说

    一只翠鸟径直穿过那如同烟雾弥漫的繁花，轻巧地跃上细细的枝条。待它稳稳落定，只见胸前的红毛跟背上的绿羽，错落有致，交相辉映，竟像是在树梢又开了一朵新花。眼前，春雨细细，河水正攀着堤岸，慢慢滋长。而在风雨潇潇之中，它小小的身躯却岿（kuī）然不动。嘘——现在正是最容易捉到鱼儿的时候，就算在这风雨中坐得再久，也是值得的啊！

啄木儿

◎ 唐·朱庆余

丁丁向晚急还稀，

啄遍庭槐未肯归。

终日与君除蠹害，

莫嫌无事不频飞。

丁（zhēng）丁，模仿啄木鸟啄木的声音。

蠹（dù），害虫。

诗说

　　"铮铮""铮铮"，是我在啄木头呢！这声音虽说一会儿响亮而急促，一会儿微弱而稀疏，却从白天一直持续到了夜晚。我已经把庭院里的槐树都啄了个遍，还是迟迟不肯回去。慢着！虽然我成天待在树上，不怎么到处飞，但你可不要觉得我是游手好闲之辈。苍天有眼，这从早到晚的，我都在忙着捉槐树的虫子，帮你消忧解难呢！

八拍蛮

◎ 五代·孙光宪

孔雀尾拖金线长，

怕人飞起入丁香。

越女沙头争拾翠，

相呼归去背斜阳。

八拍蛮，词牌名。

越女，古代越国多出美女，西施为其中之一。

翠，孔雀的羽毛。

诗说

  岸上那修长鲜丽的，原来不是一条金线，而是孔雀的尾翎（líng）。还没来得及惊叹它的美丽，它就害羞地扑扑羽翼，飞到丁香花丛里去了。能闻见的，只是一阵绮（qǐ）艳芬芳。

  岸边那华美绚烂的，原来不是孔雀的尾翎，而是越地的女子。她们在沙头嬉闹，争捡羽毛，红的、绿的、黄的、蓝的……还没来得及看清她们的面庞，她们就相互招手，一起回家去了。能望见的，只是几缕曼妙斜阳。

画眉鸟

◎ 宋·欧阳修

百啭千声随意移，
山花红紫树高低。
始知锁向金笼听，
不及林间自在啼。

啭（zhuàn），鸟婉转地鸣叫。

诗说

　　谁知道小小的画眉在哪儿呢？只听得这儿啼一声，树底的山花鼓红了脸；那儿啾（jiū）一句，梢头的喇叭花吹紫了嘴。原来春天的万紫千红，就是画眉用自由的歌声唱出来的呀！若是真的喜爱那自由的歌声，又怎么能用富贵的牢笼将它囚禁呢？

　　《安徒生童话》里的中国皇帝，不就是在放飞夜莺之后，才重新听到最美的小夜曲吗？

惠崇春江晚景

◎ 宋·苏 轼

竹外桃花三两枝，春江水暖鸭先知。

蒌蒿满地芦芽短，正是河豚欲上时。

蒌蒿（lóu hāo），一种草，又叫芦蒿。

河豚（tún），本名河鲀，有毒但味美。

诗说

　　春的消息从哪儿来？从暖融融的空气中来。看，翠竹外边，几枝桃花粉嫩着脸。

　　春的消息从哪儿来？从暖融融的江水中来。瞧，绿波上面，几只鸭子最先游起了泳。

　　春的消息从哪儿来？芦蒿织出满地的绿毯，芦苇冒出短小的青芽……好了，该轮到圆鼓鼓的河豚浮上水面，吐几个圆鼓鼓的泡泡了。

送 春

◎ 宋·王令

三月残花落更开，
小檐日日燕飞来。
子规夜半犹啼血，
不信东风唤不回。

诗说

　　子规，就是杜鹃，常常在春夏之交彻夜啼叫，以致舌头流血，而此时正是鲜红的杜鹃花盛开之际，杜鹃啼血由此而来。

　　已是三月，春天就快要结束了吧？可是每天，你都能看见，残花落了又开，屋檐上的燕子飞了又来。夜深人静的时候，你甚至还能听见杜鹃的声声啼鸣："当我的喉咙唱出了鲜血，残败的落花也可以再次殷红，难道还叫不回载着春天的东风！"

41

莺梭

◎ 宋·刘克庄

掷柳迁乔大有情，
交交时作弄机声。
洛阳三月春如锦，
多少工夫织得成。

梭（suō），织布工具，两头尖，中间粗，像枣核。
交交，形容黄莺的鸣叫。
弄机，开动织布机。

诗说

　　一会儿飞下柳枝，一会儿又蹿上乔木，似乎每一棵树都那么独特而美丽，叫你割舍不下。你小巧敏捷的身影交穿在林木之间，如同忙碌的飞梭。就连你娇娇的啼鸣，也仿佛织布机在轻吟。我问你呀，心灵手巧的织女，像洛阳的春天那样美不胜收的画锦，要多少个日夜才能完成呢？

猫 图

◎ 宋·叶绍翁

醉薄荷，扑蝉蛾。
主人家，奈鼠何。

猫薄荷，一种植物，又叫"荆芥"，
猫吃了会兴奋。

诗说

　　看它轻盈举步，兴致勃勃，一会儿抓抓树上的蝉，一会儿扑扑草丛上的蛾。呀，这馋嘴的小家伙，一定是偷吃了薄荷。殊不知，这薄荷猫儿吃了可是要醉的。这下子误事了吧？你倒是玩得快活，主人家的耗子，该谁去拿呀？

画 鸡

◎ 明·唐寅

头上红冠不用裁，

满身雪白走将来。

平生不敢轻言语，

一叫千门万户开。

别看人间皇帝威风，金冠银帽地扣着，那都是人工的，只有我头上的王冠，红艳艳的是天生就有的。当然，这一身雪色礼服也不是白穿的。能力越大，责任越大。披上它，打个喷嚏（pēn tì）都得小心咯——我要是一出声儿，嘿，家家户户都得赶紧起床开门儿！

题风柳喜鹊图赠人

◎ 明·李昌祺

春光淡荡景迟迟，
特地飞来噪柳枝。
应是高门多喜事，
殷勤先报主人知。

———————

淡荡，和畅舒适。

48

诗说

　　春日的风是浅浅的，春光是淡淡的，暮色也比往常来得更晚些。就在一片素净之中，柳枝上却飞来了一只喜鹊，一声接连着一声，叫得好不欢喜热闹，听得人心里甜滋滋的。平白无故，哪里会这么开心？一定是哪个贵人家里添了喜事，它才特地赶来，要给主人家报首信的吧！小小的鸟儿，也是这么热情周到又善解人意啊！

约 客

◎ 宋·赵师秀

黄梅时节家家雨，

青草池塘处处蛙。

有约不来过夜半，

闲敲棋子落灯花。

灯花，灯芯燃尽结成的花状物。

诗说

  又到了梅子成熟的五月，连绵的阴雨造访着江南人家的屋檐，滴答滴答。涨水的池塘边生满了青草，走到哪里，都有响亮的蛙声鼓动着耳膜，咕呱咕呱。热闹是它们的，你我只约定静处一室、对弈一局。可是午夜已过，还是只我一人反反复复地敲着棋子，看着一朵灯花震落，然后又一朵灯花。这没完没了的雨声和蛙声啊！

敕勒歌

◎ 北朝民歌

敕勒川，阴山下，

天似穹庐，笼盖四野。

天苍苍，野茫茫，

风吹草低见牛羊。

敕勒（chì lè），古代北方的一个游牧民族。

川，原野。

穹（qióng）庐，即蒙古包。

诗说

　　你问敕勒人的家在哪里呀？去看看阴山下一望无际的原野。

　　你问这世界为什么像蒙古包呀？去想想那圆顶帐篷一样的天空，将草原的四面八方都围护其中。

　　你问这浩瀚无垠的蓝天、草原之中，怎么看得见牛羊呀？去听听那吹过原野的风。等高高的牧草鞠了躬呀，就能发现牛羊的影踪。

江 村（节选）

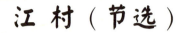

◎ 唐·杜甫

清江一曲抱村流，长夏江村事事幽。
自去自来堂上燕，相亲相近水中鸥。

———————————

清江，指锦江，在成都西郊的一段称浣（huàn）花溪，
靠近杜甫的草堂。

　　诗人结束了颠沛流离的生活，在成都的草堂安了家。夏天来了，他看着眼前的景色，心情也亮丽了起来。清澈流亮的锦江弯了弯手，给了村子一个清凉的拥抱。这样一来，即使是在长长的夏日，村子里的一切也都显得闲静幽雅。你瞧，堂屋房梁上的那些燕子，剪着尾巴，刚擦出门外又斜进窗子，说不出的自由自在；浣花溪里那些水鸟，挤挤挨挨，才钻进水里又浮出水面，人来了也不害怕藏躲，像好朋友一般相亲相近。

如梦令

◎ 宋·李清照

常记溪亭日暮，

沉醉不知归路，

兴尽晚回舟，

误入藕花深处。

争渡，争渡，

惊起一滩鸥鹭。

如梦令，词牌名。

争，怎么。

56

词说

　　现在的我，还常常回忆在溪边小亭子里度过的时光：我们看过的落日，我们醉过的酒，我们迷过的路……总要玩到天快黑了才能尽兴，才肯坐船回家。一不小心，就会划船探入荷塘的深处。一叶障目，尚且不见泰山，这接天的莲叶蔽目，又要怎么才能望见归路？

　　忽然，扑棱棱，哗啦啦，河滩上一群受惊的鸥鹭四散飞起。

蜻 蜓

◎ 宋·王镃

轻绡剪翅约秋霜，
点水低飞恋野塘。
忽趁游蜂过墙去，
可怜不识百花香。

绡（xiāo），生丝。

　　它的翅膀，就好像用轻薄的生丝剪成，缠连着洁白的秋霜。野地里的一方池塘，让它如此留恋，只见它款款飞掠过水面，偶尔还用尾巴送出一个吻，点出一圈微波荡漾，不知是否在思念沉睡池底的莲花？

　　忽然，它看见蜜蜂飞到了墙的那头，立马兴高采烈地追过去。你这小可爱啊，是不是觉得，那里一定还有众芳的余踪？可惜啊，你嗅不到百花的香味，不然，又会是怎样的缠绵多情！

观放白鹰

◎ 唐·李白

八月边风高，胡鹰白锦毛。

孤飞一片雪，百里见秋毫。

胡，对西北地区及西北少数民族的称呼。

秋毫，鸟类在秋天长出的极为细微的毫毛。

　　八月的边塞，西风阵阵，秋高气爽，北疆的老鹰也披上了白色的锦袍。看啊，当它振翅高飞、孤身远去时，简直像一片巨大的雪花，在浩瀚天地间肆意张扬！而当它微微颔首、凝神探看的时候呢？百里之外的毫毛，也休想逃过它锐利的目光。每放飞一只白鹰，就是让世界绽放一次纯洁的力量啊！

咏 蝉

◎ 唐·虞世南

垂緌饮清露，
流响出疏桐。
居高声自远，
非是藉秋风。

緌 (ruí)，古代结在下巴下方、
帽带下垂的部分。

62

　　你的触角好像那端庄修长的帽带，垂下它，就能将清澈甘甜的露珠一饮而尽。你的声音也像那叮咚脆响的流水，一点一滴，都能从稀疏的梧桐枝叶间淌出。是啊，只要你选择站立的地方足够高，声音自然就会传得足够远，哪里用得着借助秋风的区区之力！

马 诗

◎ 唐·李贺

大漠沙如雪，
燕山月似钩，
何当金络脑，
快走踏清秋。

钩，弯刀。
络脑，马络头。

诗说

　　连绵不断的燕山之上，当空皓月正如一柄弯刀斩下，溅落满地清光，照得那一望无际的沙漠，洁白胜雪。于是你的叹息，也在空中凝结了一层白霜：要等到什么时候，才能戴上金光闪闪的络头，蹄踏秋高气爽、快意驰骋疆场？

乐世词

◎ 五代·佚名

失群孤雁独连翩，
半夜高飞在月边。
霜多雨湿飞难进，
暂借荒田一宿眠。

乐世词，源自《敦煌曲子词》。
一宿（xiǔ），一夜。

正是月上梢头，清冷时候，却见一个寂寞的身影，斜穿月色，蹁跹而过。原来是一只跟伙伴们失散的大雁，孤零零地扇动翅膀，一下，又一下。无边的夜色中，一个人的霜，似乎分外的浓重；一个人的雨，也好像更加的湿冷。气力渐渐脱离它的身体，它的翅膀也越来越沉。是谁把它抛下，只能在这片荒芜田地上借宿一晚呢？

还自广陵

◎ 宋·秦观

天寒水鸟自相依，
十百为群戏落晖。
过尽行人都不起，
忽闻水响一齐飞。

　　天儿冷了，水鸟也学会了抱团取暖。瞧他们几十上百的聚结成群，沐浴着夕阳的余晖玩耍嬉戏，多么快活！管他岸边上的行人来来往往、熙（xī）熙攘（rǎng）攘，半点不能败坏它们游玩的兴致，没有一个肯从水里拔出腿来的。非得你丢个石头进去，水声哗啦啦响起来，它们才哗啦啦飞起来。原来，不是水鸟不怕人，只是玩得太入神！

白兔

◎ 明·谢承举

夜月丝千缕，秋风雪一团。

神游苍玉阙，身在烂银盘。

露下仙芝湿，香生月桂寒。

姮娥如可问，欲乞万年丹。

玉阙（què），神仙住的宫殿。

姮娥（héng é），月亮女神嫦娥。

诗说

　　它睡在月亮下，千千万万细密的绒毛清晰可见；它卧在秋风里，就好像是谁搓成的一团雪球。它是不是也会做梦呢？梦见自己的魂魄升入了天上那轮千古不易的璀璨（cuǐ càn）银盘，在琼楼玉宇间自在遨游。原来月宫也会降下调皮的露水，叫灵芝湿个透；原来月宫的桂树也有沁人的寒香，却是别样的冷清寂寞。小白兔呀，要是你碰到了嫦娥，还请帮我托个话，就问那长生不老之药，能不能分我一粒？

调笑令

◎ 唐·韦应物

胡马，胡马，

远放燕支山下。

跑沙跑雪独嘶，

东望西望路迷。

迷路，迷路，

边草无穷日暮。

调笑令，词牌名。

胡马，北方民族养的马。

燕支山，即焉支山，在今甘肃山丹县东。

跑（páo），通"刨"。

　　胡马啊胡马，是谁把你流放到偏远的焉支山下？为了扒开细碎的沙石，为了刨开寒冷的冰雪，你早已筋疲力尽，马蹄也残破不堪。你发出一声声孤独的哀鸣。你向东边望望，又向西边看看，早已不认得来时的方向，也不知该去向何方。迷路了，迷路了，边草也无力地伏倒在地，蔓延天际。只剩下你，站在愈渐浓重的暮色里。

和虫鱼鸟兽一起来玩"飞花令"

　　中国是诗歌的王国。不过，随着现代社会的发展，古代的诗词似乎离我们的生活越来越远了，甚至有人质疑：我们现在还需要诗词吗？

　　小儿憨豆今年十岁。他六七岁的时候，有一次散步时跟我说："妈妈，今天我们换一条路走走，那条路很诗意。"我惊异于他说出"诗意"二字，问："怎么诗意了？"他答道："那里有一条小溪，水边开满鲜花，还有一座木头房子。"我又问："什么叫诗意？"他说："就是李白看见了一定会写首诗。"

　　小朋友自然还不懂从理论的高度来解释什么叫诗意，但他有感觉，而且跟古代的诗人心意相通。这就足够了。这也足够说明，任何时代，我们都需要诗。

　　那么，小朋友该如何学诗呢？诗歌之美，首先在于声韵之美。小朋友其实有对声韵不自觉的追求。憨豆常常会摇头晃脑地念着从学校听来的"地下校园民谣"。这类"民谣"内容搞笑，能迅速广泛地在小朋友中流播，重要原因就在于：它们是押韵的。所以对于刚刚接触古典诗词的小朋友来说，吟诵是十分重要而又可行的学习方式，它能从声韵节奏上培养孩子对诗词的艺术感觉。

那么，除了吟诵，孩子需要对诗歌意思有所理解吗？我认为这是十分必要的。现在一般通行的小学语文课本要求必背的古诗词在 75 首左右，有一次我问憨豆："'游园不值'是什么意思？"他张嘴就说："就是那个园子不好玩，不值得去。"又一次，憨豆在一本唐诗选上看到《长恨歌》，翻了好几页才把内容翻完，不禁感叹道："这么长！能不恨吗！"他也许是在逗趣搞笑，不过，以我们从小学诗的经历，如果大人不加解释，孩子是难免有这样想当然的理解的。

流传下来的古诗词成千上万，什么样的作品是适合孩子学的呢？我以为，总的原则是贴近孩子的世界，表现真善美的情感。本册以"虫鱼鸟兽"为主题。需要说明的是，只要有涉及虫鱼鸟兽描写的内容，便在我们的选编范围之内，而并不一定以整首诗的主旨为考虑。

《中国诗词大会》是现在家喻户晓的诗词普及节目，憨豆对其中的"飞花令"最感兴趣，常常要跟我"比拼"一下。我们这本书分类编选的方式其实就类似于一种变体的"飞花令"。家长可以以"虫""鱼""鸟""兽"等不同的主题词，来激发孩子记诵这些诗词的兴趣。

虫鱼鸟兽都属动物，大约每个孩子从小都会接触到各种各样的动物，它们有怎样的特点？人们该如何对待它们？如何与它们相处？又如何从动物的举止习性获得启示？古代的诗人们以诗歌回答了这些问题。黄鹂在树上唱歌，蝴蝶在花丛跳舞，白鹭在天空飞翔，鸳鸯在沙岸睡觉，小鹿在林间嬉戏……多么快乐宁静的世界！你看它们多么勤奋：公鸡打鸣，蜜蜂采蜜，啄木鸟捉害虫……学好本领，自食其力。小朋友们，相信你们一定也能做到！

然而，动物也有它们的烦恼：大雁会失群，马儿会迷路，鱼儿被钓钩害，鸟儿被弹弓打，画眉关在笼子里不得自由，杜鹃伤心春天的离去……这些烦恼，有的我们无能为力，有的却值得小朋友们好好想一想：同在一个世界，我们与动物应当如何相处？宋代大学者张载的这句话也许能给我们一些启示："民吾同胞，物吾与也。"（《西铭》）他的意思是，民为同胞，物为同类，一切皆为上天所赐。所以，我们应当爱人类，也爱动物。

　　本书的注释解读部分由北师大古代文学专业的研究生谢文君完成初稿，由我修改定稿。特此说明。

马东瑶

作者

马东瑶　北京大学古代文学博士，北京师范大学文学院副院长，古代文学研究所教授，博士生导师，中国宋代文学研究学会理事。

谢文君　北京师范大学文学院研究生。静时，轻翻书页，慢吟诗句，流响丝竹；动时，上下河岳，登高赴远，穷山僻水，育人为乐。

叶媛媛　中央美术学院影像艺术系毕业，主要从事实验影像和插画制作。2016 年入选文化部国家艺术基金插画艺术人才培养项目。喜欢陪女儿看绘本、讲故事、角色扮演、剪纸和泥塑。

杨海波　又名播播哥，中央电视台著名配音员，长期为《新闻周刊》《新闻 1+1》《道德与观察》等新闻节目配音，也为《Discovery 探索》《传奇》《国家地理》等纪录片配音。

特别感谢北京大学中文系博士生导师张鸣教授对本书的认真审读。

图书在版编目（CIP）数据

陪孩子读古诗词.虫鱼鸟兽 / 马东瑶，谢文君编著；叶嫒嫒
绘 .—北京：中国少年儿童出版社，2017.9（2021.4重印）

ISBN 978-7-5148-4075-9

Ⅰ.①陪… Ⅱ.①马… ②谢… ③叶… Ⅲ.①古典诗歌 –
诗集 – 中国 – 少儿读物 Ⅳ.① I222.72

中国版本图书馆 CIP 数据核字（2017）第 138021 号

虫鱼鸟兽 CHONG YU NIAO SHOU

（陪孩子读古诗词）

出版发行：中国少年儿童新闻出版总社

　　　　　中国少年儿童出版社

出 版 人：孙　柱

执行出版人：马兴民

策　　划：缪　惟　史　钰　　封面设计：蔡　璐

责任编辑：史　钰　　　　　　责任校对：夏明嫒

美术编辑：徐经纬　　　　　　责任印务：厉　静

社　　址：北京市朝阳区建国门外大街丙 12 号

邮政编码：100022

总 编 室：010-57526070

编 辑 部：010-57526318

发 行 部：010-57526568

官方网址：www.ccppg.cn

印刷：北京利丰雅高长城印刷有限公司

开本：787mm×1092mm　1/12　　　　印张：7

版次：2017 年 9 月第 1 版

印次：2021 年 4 月北京第 9 次印刷

印数：90601–102600 册　　　　定价：62.80 元

ISBN 978-7-5148-4075-9
